完全主觀

沈眠 著

AV純情詩

目次

56

90

110

146

168

188

210

230

獻詞

夢媧

每一本書
都是為了妳存在
為了理解妳
理解妳的情慾與情緒
理解妳作為女性的內在宇宙
理解妳活在世上的種種
一切都是妳

沈眠

川島和津實

傳奇。第一要件是消失。
像是一團最美的雲霧。繚亂以後。
成為空。成為
他們最大的懷念。
而妳就成為自己的異鄉。
小心翼翼。活在豐滿的邪惡之外
善良是身體太過久遠
的遺忘。妳隱藏
空白。在所有視野不及處
維持生命的奧義。
流動式的

孤島。妳絕不回返
他們固著於少年時的記憶。
妳希望
妳是妳自己。
把防腐劑從影像中
撤除以後。也許仍有
細嫩的故事。值得產出

櫻空桃

甜美。是一種
竭盡所能的特技。想要人
更多的喜歡。也就
不妨把所有的房間打開。
裡面充滿。
形形色色的巢穴。
沒有怪物。
只有孤獨在爬行。從原地
到原地。田園從身體持續掉落
妳在觀測自己的尺度。而太多男性
從最外圍以誤會的形式遙望

妳精緻的舞臺，以為就是全部。
但體內劇場是硬蕊的
一把利刃等待著。
未知數。明天
水中燒著火。裡面是灰。
妳空蕩蕩的故事
期待還有花香
從哪裡來

天使亞夢

邪惡是副作用。妳服藥
吞飲傷心事。無人知曉的
破碎。過去是
烏有之境。
萬千鬼怪圍繞。
惡魔站在妳身邊。慢慢笑著
發寒。
可是誰都是迷途的
亡羊。不獨
妳如此。在體內的迷宮
活在一大片陰影裡。

忘乎所以。或許的閃電
正準備劈下。
妳應該遠去了
身體的黑暗
留在夢的那一邊。
現在。妳讓自己完
好無缺

青空光

黑暗那麼細緻。妳的影子
越來越。經典。
青澀的意義
現在全部赴死。制服
是一層虛無的外皮。
妳的笑顏逐開
裡面剝落了。越來越小的
地獄。越來越硬
生活是挫傷。
裡面充斥。對惡意表演的
臣服。一群蛇吞象。

再也盛大不了。
戴上眼鏡。成全
他們那麼多的體內
暴亡。天空彷彿一種妄想
類似清純。
過眼。妳終成雲煙
但曾經。
是全部的光

佐佐木紗希

無辜。妳盡量擺設
臉。一種迷醉的表情
複製更多紗幕。
在那些空無的表面
留下殘影。
清澈是妳對他們的諷刺。
沒關係啊。
一切都是雙面的
有人狂歡。有人就正在
陷落的哀傷。
或許妳應該在低溫的

光天化日
燒起一把火。像一幅畫
沒有理由的塗料
只是顏色。無意義的顏色
什麼都沒有關係。
妳經過那些
習慣性的寢具。
在屋裡。暗自發涼
無人旅宿

八卦海

妳必須變得更大
大得像是一片無邊的
海。但沒有浪花
所有的水
都是虛構的。
妳如鏡。反射過度
喧譁的孤寂。
而光滑明亮是一場
變異的法術。
妳施咒
在他們的體內。

召喚野獸
狂奔後。疲軟癱倒
潮水退向近處
總是悲傷。放恣鳴叫
被迷戀的影像。肉體是
必需品。以長髮悼祭
持續死去的海
忘了。那些遺落的
妳是自己唯一的
必要。就算
放開全部的海浪
也無礙

兒玉七海

可是妳還來不及完成
自己的海。
就已經慢慢的
慢慢死寂。但無所謂
妳可以練習不要
不要波浪。不要暴風雷電。
不要所有的起伏。
不要是一種專屬的正義
在他們的需要裡。躲迷藏。
很多時候。妳不過是
站在邪惡的反面

妄想著善良的故事
期待。壯闊施施然地
從誘惑的彼岸到來
留住一座
長滿歷史的島。並不
願意作為狂歡的
後遺症。而妳
在失落的淵藪裡
打散全部。錯誤的歲月

葵司

復仇是女神的隱性職業
遊走於男明星
之間。被偽裝成愛神。妳說
身體是他們美夢的
總和。但厄運緊隨其後
全部都壞掉了。他們妄想著
妳的變形。那是
閃亮的裂縫。裡面
存放許多虛無。精緻的五官
觸及的都是柔嫩。
但不是妳的心。不是

充滿裂傷的歲月。
就僅僅是
鬆垮的洞窟。埋葬著
獵奇的新聞報導。
他們的印象是
最大的誤置。妳蜷縮
在自己的律法裡。
想像一座樂園正悠慢地
展開。裡面都是罪人
承受妳的私刑
妳終日連綿
越來越美麗的恨

時田亞美

霓虹。愈來愈細
穿梭在最小
妳迷濛的眼神。下面
有著鐘。指針倒轉
一分一秒地繞回
原來的時光。
而妳多情地死去
無經驗的。體內的破曉
微弱且尷尬。妳應該
對誰提出異議如
女學生裙襬。在風中

無可奈何。
美麗不是次等的
妳在自己的裡面裂開
另一個自己
不斷分割。回頭路
時間是被封存的
田園早逝。幾乎沒有了
顏色。留住的
只是一種可有可無的形狀
很快的。就會重複
遺忘。那些撬開妳的
無數螢幕

早野詩

寫詩的人，
走進荒野裡，
坐在一群夢境之中，
妳站起來，
說晚安，
他們全都興奮地，
回應，
他們想要一起，
對妳祈禱，
而裡面都是，
被自我破壞的孤單

於是，
寫詩不如寫淫，
寫淫也不如寫失

那些遺失的鳥，
在千山以外絕望，
沒有出頭，
也沒有吟叫，
就只是靜靜地，
靜靜，
停頓在空靈之內，
渾然忘我

小野六花

歡迎光臨，
妳的縫隙正說話，
輕聲細語，
像一道沒有的風，
從沒有的，
原野裡吹來，
純白色的，
各種形狀的，
花房鼓盪，
而枝葉躁動

裡面的詩，
幾乎是純真，
含住了，
多種憂傷，
幾乎是遺忘，
所有影像是障礙，
妳其實都已經穿過了，
而且沒有留下什麼，
又快速地退出

也就不妨假設性的相信，
有一天，
妳會將自己，
變成仙境，
並怒放，
永無止境的花

楓可憐

並沒有誰，
是真正的可憐，
妳只是水，
在可憐海洋，
只剩下，
設計的潮浪

航道上，
再也沒有，
黃金般的反射，
他們只是，

一群寂寞欲死的，
海鳥

看不見未來，
僅有越來越薄的苦悶，
環繞在體內，
並黯淡，
妳是活在，
無光者心中的，
一縷照射

而那些暗夜裡，
跨著螢幕，
一起斑斕的心臟，
從來都不明白，
妳的影像不是活的

就算不是活的，
對他們來說，
也是誓死，
都要維護的，
肉身明亮

可憐的，
從來不是妳，
是他們，
妄想著妳的，
可憐

櫻羽和佳

正在遮滅，
妳優雅地走過了，
怪物的核心，
目擊，
那些千篇一律的荒誕，
潮溼的動作史

有誰能夠明白，
妳只是想靜靜地躺著，
沒有任何侵入，
沒有那些無味的妄想，

更不用說詩，
這個世界不應該有詩，
不可能有

詩是一種很不正確的，
正確，
夢幻性正確，
以及，
跟所有墮落，
加總起來的悲劇

想要嘲諷嗎，
對每一顆鏡頭裡，
活著的自己，
想要更孤獨嗎，

就盡全力地剪碎，
那些身體裡，
活著的詩

很多絕美，
很多花正在堆積，
他們對妳各種形式的埋葬，
遺忘會比記憶更快，
那就這樣吧，
只剩下過去不會死去，
但不限於妳自己

天使萌

不知道該以，
什麼樣的姿勢，
降落，
怎麼可能，
這值得討論嗎，
難道沒有一位神看過，
妳無與倫比，
堪比惡魔的下滑嗎

每一次表演，
都像是剛剛才發生的，
奇遇，

太多入迷的眼睛，
隨著妳掉入，
沒有一種軀殼，
會想要卸載，
螢幕深處的運轉

有些人蠕動，
有些人幾乎妖怪，
有些人變成反義詞，
有些人自拔出極樂的形體，
無論如何，
妳挽救了他們的不幸，
雖然無人察覺，
雖然他們始終活在，
自己的地獄裡

白峰美羽

白色是一種肯定，
就算沒人相信，
妳是純潔的，
又有什麼關係，
妳可以跨過那些戲劇，
直接展露美學

如實陳述吧，
合格的人間根本不可能，
男性們只能心中，
對妳懷亂，

從來無法承認，
他們空有哀慘的鎖頭，
卻無孔可入

妳延伸到他們體內，
留下一座遺夢，
到處是破綻，
故事已死，
只有重複性畫面，
如同墓塚

當妳進入峰頂，
就有太多的鬼魂，
擦過了，

火花的邊緣，
聲影以外，
無非是空洞與虛無

純潔其實不過是，
一種語意錯誤，
形象也不外乎是，
內部整修的另一種說法，
從名字裡，
慢慢抽出一根羽毛，
純白難擋，
而黑色的聲音，
就要滿了

運命

滾動的經典，
讓那些男人翻騰，
在雲霄，
抵達他們從未擁有過的，
巨大，
體驗此刻，
最大的欲死

服務是最好的虛構，
無人知曉，
顏色是那麼悲傷的事，

他們總是習慣誤讀，
把暴力粉紅化，
愛的泡沫，
每一次都加速逝去

堅硬是活的岩石，
柔軟是死的，
靈光，
妳驅動著影像，
輾成故事的背景，
身世已經越來越習慣，
慢速顛倒，
一切都是美妙的，
假裝體

大橋未久

暗黑什麼呢，
妳準備好用最直接的，
身體去定義，
誰都無法比妳更精準，
妳是最高級的，
最快推進到他們眼中的，
完美碎片

用不著什麼光亮，
妳打開了，
就是大家的寶庫，

是的，
大家的意思是，
曾經被妳俘虜過的，
能見度低的，
心靈

大家都想過橋，
每一座，
都是妳搭起來的，
誰都只是路過，
那些完全敞開的，
快速影像，
包括妳自己，
一過眼，
就是爆炸的雲

再過不久，
大家都活在巧遇裡，
一點一滴粉碎，
越來越低，
活得像無數種，
絕無僅有的悲傷，
而妳睡過了頭

那些尾巴，
藏著寂寞的圖樣，
妳被問津，
關於水這件事，
還是得回到潮浪索取，
月亮在下，

妳超慢速溶出，
大家的手藝，
成群複製，
忘我的境界

翼舞

飛起來吧，
像成群龍蛇，
妳那裡飛起來，
萬夫莫敵，
足夠的陷落，
就有足夠的市場，
供應虛幻

洞穴裡，
吞食無敵星星，
很快就能接觸了，

爆裂的彼端，
歡迎各種盡頭持續光臨，
國境無阻擋，

將羽翼延展到，
突破的邊緣，
他們就要瓦解了，
就要是妳速度底下的，
激情葬身，
而這正是妳眼前，
飛翔的意義

紗倉真菜

寫作很好
在自己的內心
打開黑暗
無盡的
（妳用身體寫作）
這是一門藝術
毫無疑問
妳跟著璀璨奪目的神
踏進匱乏的
福音地帶
（妳必須連綿地死）

雙手懷抱著
男體幽深的直徑
讓他們長成自由落體
從最高到最低
樂死不疲
（妳應該重複穿透過）
每一條密閉的路線
寫出下面的
更下面
讓人看見
（妳可以逼近語詞的驚艷）
用虛構
完成第一人稱
讓他們全部都是妳的男友

如同栽入一時片刻
桃花源
直進直出
變成一頭又一頭猛獸
（妳是奇妙的深處）
太多流連忘返
把肉體做成一本書
到每一個角色裡
註記自己可以
達到多麼
不可思議的情感

白桃花

沒有人在盛開
沒有人用
那樣高速的
生長
在每一個發亮的黑暗中
全力綻裂
（除了妳自己）
但慢慢腐蝕
心臟深處
那一朵
唯一

白色的花
（妳沒有這裡的歌）
過熱的吟唱
詞語是無可奈何
在猛暴的畫面
演繹
所有偽裝的死
（妳活在重複的畫面裡）
多次成為女高中生
成為獵物
成為百依百順的
各種角色
（妳也想要是一名電影明星）
或許會出現

《死亡筆記本》電影
比如彌海砂
用最鮮豔的表情
沒來由愛著夜神月
對世界瘋狂清除
（妳應該可以勝任吧）
畢竟有一點相像
畢竟不都
一樣是女性嗎
不都一樣擁有過
花開了洞

山岸逢花

可以這樣就好嗎
不要再追逐
激情
像尬車
沒有盡頭的死
（妳應該再次與自己相遇）
放過大家吧
死這回事
不應該是燃燒
沒完沒了
不應該是灰飛

湮滅的情節
（妳必須不設防）
可是他們真的
懂過嗎
關於相逢
在幻象
純粹是虛構這件事
（妳就在他們的路上）
好像不離不棄
但花是
全部都開過了的
悲傷
（妳是沒有未來）
但這並不妨礙

詩歌
用另外一種形式
實現在身體
深處
被加速吟唱
得出
所有的解答

天川空

不曾疑惑過的
天空
來到近處
好像沒有任何
可以阻攔的
（長成妳的縫隙）
就急遽變身
為那些
夢遊在色慾
故事的人
增強意志力

（妳還在調教）

但情感是沒有的
他們活在
攻克的需求
被整個社會設計得
越來越硬
（無人與妳私奔）

因為太溼潤了
那些雲朵
盛開在
腹下
他們跨過以後
總是虛無
（妳進化成河流）

而痛楚是
一種寬闊的手藝
就連傷害
都可以受訓到
最高
最完滿
在靈魂穿越以後

美城露露

讓長腳說話
每一寸
都填滿了
文藝腔
線上的人們
都急著
（被妳的音聲捕獲）
輕飄飄
像是一種
超能力
他們很快

就加深到極限
（妳所造就的銷售數字）
而升天
是重複的
藝術
即使千篇一律
仍舊象徵
陰翳的解放
（活在後方的妳）
暗影圍攏裡
每一種愛
都是虛擬實境
裝好設備
就一起絕倫

明日花綺羅

長程發射
高強度
累積各種
爆炸的雲朵
無須退讓
（於是妳就完成）
看見了
那些音樂
活的
而且旋律
持續點燃了

（妳是故事的遺物）
現實是可以
逃避的
尤其是那些
喜歡顏色的人
很容易就跑到了
（或者妳也是事故）
花的遠方
撞擊
明天過後
在 MV 中歌唱
輕快地
讓更多人
起立
且戰慄

高橋聖子

開車上路
要高速
以及衝刺
前方沒有盡頭
每個人都後退到
自己的體內
（妳應該多一點）
夢都死了
他們
又有誰可以
飆過千秋萬載

來到
（妳的簾幕之內）
也許去了
就只是去到了
某種遺跡
留下
恐怖的速度
像是眼淚
（這是妳的無人劇場）
路上的風景
全都丟了
看不見
往日與來處
（妳下臺鞠躬）

變得
比較硬一點
眼前
是一座橋
過了
就是
所有了

明日見未來

事情總是
在過去
所有人的常態
都是來不及
挽回
（但妳不能晚到）
在準確的時刻
做到準確的
爆炸
從來不是簡單的事
所以

（妳必須鍾鍊身體）
而大家或多或少
都長出了
錯誤的器官
（雖然不關妳的事）
可是有一些少女
此生因為
乳房
無法足夠的
巨大
（如妳一般）
就奇怪地相信
未來已死
並且哭泣了

（妳有看見嗎）
原來這才是
暴烈
而明天就此
降格了
只是現在的
複製品

宇野美玲

人生就是
各種奇妙的決定
然後不安地
等待
來不及的詩歌
（妳沒有寫下來）
理由很成熟
就像
所有多汁的果實
必須前往
榨取

（這是妳的專業）
這是早熟
而且殘忍的事
所有可以
搗爛的
都必須荒蕪
（妳可以是最初的）
野地
燈光就定位
化妝師脫離了
音效持續被締造
導演即將
帶著無數的人
（隨妳穿過鏡頭）

重複往返
尋覓
終極的高處
而宇宙
是不是在那裡
又有誰能知道呢

桃乃木香奈

不必然的祈禱，慢速的聲響，有誰在裡面，吟出自己的無聲，幾乎像是一種救贖，太多期待，有人需要妳，有人一直需要妳，像是千萬種詛咒，在網路裡，空氣中瀰散著厄運，而妳只能持續承受且編織更多的黏稠，一日的盡頭存放在伺服器裡，如同賜福，妳是他們的終端機，人生是迴圈反覆，每個人都只能活過自己的限定版，未來之死，過去之死，現在之死，每一次的死，都是雙手的貢獻，越來越快速的死，死過了妳虛幻的活，千萬種的死，重複地完成了現代文明的祭祀。

琴石夢流

一種陰鬱的音樂，隨著妳纖細的身體，蕩漾在眼前，綿延不絕的，旋律的贗品，準確模仿每一種變調，裡面流瀉出顏色，花草更豐滿，甚至有了成堆的動物，犬或者狼，全部都一起上了，妳的弱水那麼多，人人都想來一瓢，要怎麼無止境，要如何正確地搗爛自己，可能最需要的是迴圈，跳進去，忘乎所以，一頭又一頭的綿羊，沒有後續地墜落，從很低、很低的地方縱身，卻能直入深淵，比奇蹟少一點，但比寂寞多很多，更多的虛設，更多人工的明亮，齊頭地長出來。

梓光莉

成為專業生理師以後，妳在他們的暗夜中遊行，有些人正在酸臭，有些人接近死，有些人加速到鬼怪，有些人已經被解構，而星際正在轉向，來到妳面前的每一道靈魂都露出狂喜，妳是他們的絕頂，迢遠地抵達後，轉身就把終點流散了，妳似乎是翱翔於拔起的群山裡，看盡一座座低谷，那些風光都是無情的，應該要不留餘地嗎，把他們最黑暗的時刻，擠壓殆盡，妳所偽造的巨峰，鎮壓著他們的臉，汩汩地流出騷動的花蜜，撫摸夜的形象，幾乎是治療，而那些洗淨過了的柳暗花明，絕無作假，即使妳並不知情。

凰香奈芽

逝去的靈光，是沒有辦法補回的，那既非黑暗，也不是光亮，而是縫隙裡，一點一滴漏掉的此時此刻，妳就在那裡，無人抵達的那裡，盛情地颳起自己的風暴，為自己杜撰適合的傳說，成為世界上最崩壞的人吧，痛快地毀滅，掙脫過去的螢幕，鏡像裡菸霧大量傾斜，無論新穎與衰老，身敗是妳的大功告成，名裂換來輕型的自由，在黑洞裡高歌一切的損傷，斬斷中心，決心成為自己的遺作，而所謂邊緣不就是幸運嗎。

音梓

用盡所有的姿勢，填滿忽大忽小的愛，心裡忍不住懷疑，那是愛嗎，但愛是什麼呢，愛是妳人生的障礙，還是不斷重複的錯誤，愛是魔鬼的算計，還是神悄悄站在妳身邊，給了一個微不足道的吻，卻又如劍一般，而當幸福堅硬地插入過，被太多人生風景誤傷，整天在止血，妳就像過度發育的失敗，只好曠日廢時地完成各種噪音，黑的、白的、灰的，還有無色澤的，用身體完成荒原，祭弔從來沒有的音樂。

天國露露

妳有很多火焰，足以讓他們下載到體內，提供必要的燃放，而妳始終在遠處，使用華美技術，維持對信仰的模擬，好加強整個世界的運作節奏，如雨露的撞擊，讓每個夢幻的室內都更潮溼，妳也有很多詛咒，在煙火以外，埋伏著一些妖魔鬼怪，一旦妳啟動，落下帳，美麗舊世界被阻擋在外，沒有現實，沒有故事，只有近似於永恆的滋味，密布他們的一瞬，在沒有神的時刻，妳將自動成為他們的神。

紗紗原百合

以救護的型態，妳搖曳生姿地走向那些衰弱的人，決心引發他們的強硬，讓虛構與現實之間產生衝撞的必然性，不畏懼變態，讓身體異化，更逼近他們的極限，穿透到每個鏡頭內，讀取人性的哀悼，而多情當然是一種禁止，多情也是一種荒廢，但妳期待可以做到更多，更多守護的可能性，是的，永遠是可能性，那是妳僅存的意志，身體以里程數的累積開放著，輕薄可親地日復一日製作成閉鎖的迴路，也就飽含了沒有情感的綻放，幾乎接近治癒。

西野繪美

到荒野上作畫，妳笑起來就是絕倫，他們都著迷於這個詞，彷彿它就是世界的最高幀，而畫出來的色彩、線條，就是驚心動魄但極其甜美的墜落，為了自己的峰頂，他們集體落向妳的深淵，追逐著妳所舞動的那些速度，沒有任何抵禦的能力，而荒野在妳裡面，包覆所有微不足道的死，以及無從知曉的復活，那麼，妳就幾乎是女神了，降臨過黑暗，給予過祝福，但最終妳仍然會知悉，不管是什麼樣的女神，價值都會被看不見的群眾，削減到最低，彷若虛無。

詩月圓

喜歡嗎，用身體作詩以後，就越來越圓了，笑容是圓的，手腳是圓的，潮溼也是圓的，就連過去也變成了圓形，身體正在長出弧，妳是否已經感受到因緣俱足，甚至考慮應該主動前往一些僧侶的夢境，讓自己變成了佛法，這樣妳就是他們的無邊嗎，抑或者是未解的偈，妳是否想要吐出一些圓形的語言，讓他們沐浴在近乎宇宙的洗禮下，妳是否想要闡述更多，譬如色情是一種情感嗎，可以是讓人變得輝煌嗎，所以請丟出圓形吧，在所有戒律之內，靜靜，靜靜地完成獨自的聖地。

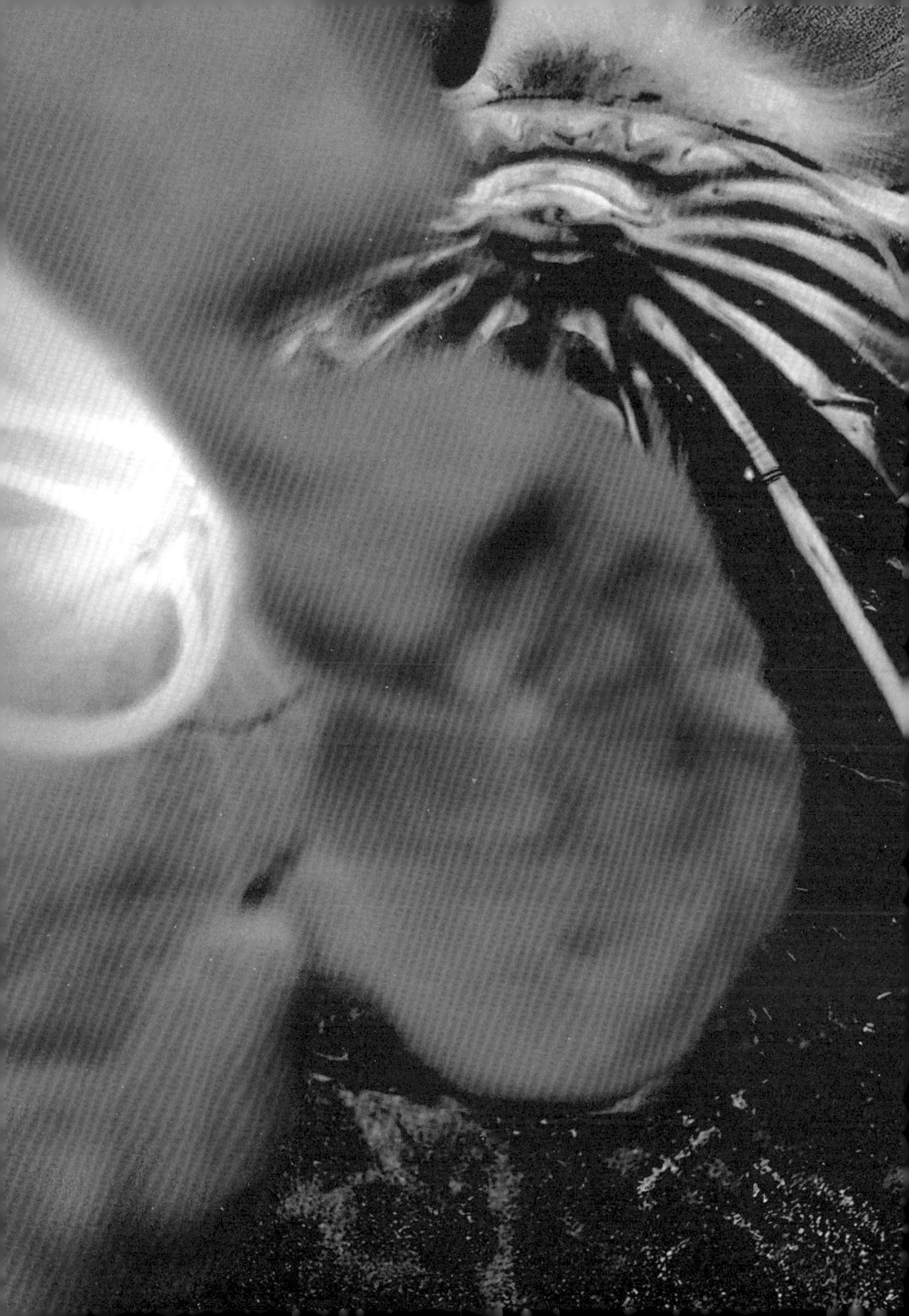

西元明沙

裡面——是有詩
善良的詩

經歷過很多的
輻射
在充滿——
侮辱與傷害的
地獄

妳盡情的
跳舞這件事

不代表——正義
雖然可能
從來正義都不
存在——只是太多人
共同相信過
幻影

身體是一種職業
販賣——孤獨
妳的
以及他們的
構成了影像的——
深淵

所以妳可以
喜歡——自己了嗎
用粉碎的方式
加上了黑夜
重新縫補——
傷痕累累的
倒影

而邪惡的詩——
還在外面遊蕩

天音真比奈

發出響亮的
聲音——盡快趨近
每一種破解
讓他們更滿足
接近——噴射機
穿過了
無我之境

留下的洞
帶著——奇異的
呼嘯聲

某種痛楚的快速
訓練著妳
越來越——
荼蘼

開放到——極限
後方
有著從屬
瑰麗與亂迷
對自己——切割
很細很細的
下墜

每一滴雨
都曾追憶著

無情——妳已經
住滿了每一種
雨天
下一步是——
慢動作毀滅

而鏡子從
過去——一路
碎裂至今
每一種愛慕
都是——空餘
最後都是
恨的協奏曲

坂井成羽

世俗就是——
每個人都在作夢

而妳已經飛仙
凌空——
無數的劍光
插遍了——他們
身體內側
蔓延著幻覺

底部是潮溼
情節——演化成
孤獨的武器
嶄新但
不適應——
此間的幻境

不散的妳
看見了——許多
黑暗
即使上方
有一輪明月
也無法——相聚

這一刻是
殺戮的——愛
開啟妳的
刑臺
不要結束
他們——對妳
施加的榮光

千萬種變態
完缺了——風俗

香水純

最白——就是
妳的入夢

每天都宅
遠離任何陽光
像是當代——德古拉
靜靜地
吸食自身之美

日子在
幻化——技術
持續精進
對自己試映
最舊的——姿勢
假裝可以
更新為——明日

此時此刻
短少
妳日思——
夜想的
無人之境

遠離家屋
是苦的
沒有——光線
與空氣
重複進入——
破碎的戲碼

解禁了
妳的——最黑

白石深雪

遺憾的是——
深度被取消
現在必須
全力的——膚淺
毫無保留

討好每一處
角落的暗
聚集的——鬼魂
生成他們的

寂寞
像是一場舞劇
下墜在——
妖異的雪
一片又一片
被破解的
愛

所謂的白
就是黑
可惜——
無人能解
無人遊蕩過

而雪持續
在平面
沒有——任何情緒
長出來
追擊

結束拍攝
空蕩蕩的棚內
墓中——
所有觀看的
後方

美乃雀

熟——意味著
沒有人淩駕

只有自己——
以最緩慢的
下流
走過暗道
加重
更多的——遺落

那就是妳的——
深處嗎

精緻地雕琢
每一種
表情
肢體動作
直達——他們

忘我——
不外乎
打造足夠
美妙的——
孤獨體驗

淤積——平庸
形形色色的
人類
駕馭他們
從不生成的——靈光

正是
透明的——中年

涼森玲夢

對每一顆
死的——鏡頭
施展重複性
妳是活的
一千種可能
也許——還會更多

他們臣服
每一次結束
飄浮向
眼前——妳

專有的
空靈

社交早已亡敗
不擁抱自己
持續為妳
絕倫的演藝
奉獻——精氣

但崇拜是——
無能的
是不得長久的
轉眼——就會有
新的附魔
現身

更年輕
純情卻邪氣
所有體態——
都是忘形的
所有——決裂
都是可疑的

妳是自己
多餘的
言喻——
而夢是
粉碎的藝術

明里紬

最軟的——硬派
不吃那些
外掛的說詞
強悍是
體內的隱喻

妳對身體
自由地剪裁
變形是
最有意義的技藝
令人沉迷——
每一次的

速度
都是——詩
在這裡
凹陷

迴路已建造
歡迎他們
集體——失落
青春史是
誤發的箭矢

無所謂
正確的解讀
就只是
射中——
而不留一物

三上悠亞

從偶像開始——
小光熱
但淹沒在
相似的臉蛋
而決心
離歌棄舞

再以嶄新名字
及身體
重新偶像
冷豔地君臨

發明——
親愛的猛獸
改變時代
對命運
塑造更好的
肉感
更好的——

絕倫的正確
妳從不
錯誤——
即便是也仍然
對他們閃耀

女王之後
下一步——
復發新光芒
在社群裡
繼續——力量
作為天照

完全主觀

146

147

星雨理

「更多的解數」
「進入身體」
「每一顆鏡頭裡」
「妳都是自己的過去式」
「從天而降」
「幽靈的狂歡」
「縫隙是活的且堅韌」
「被高速運動」
「練習不存在破綻」
「就算是雨水」
「以及星光」

「也必須是嚴密」

「但其實未來式是碎裂」

「無論如何」

「價值最終是低落」

「失敗已繁殖」

「於是妳被充滿了」

「埋藏到現在」

上原結衣

「風俗是新的」
「還是舊的」
「妳說」
「風俗是陰影中」
「最豪華意義」
「活著不就是對自己犯罪嗎」
「一點一滴的」
「加厚那些溼潤的邪惡」
「在他們豪不遮掩的」
「物種式的填補」
「妳明白」

「正義不外乎對基本需求的滿足」
「無須與深度締結」
「就更暗一點吧」
「為自己生活」
「慢慢地趨近於腐敗」
「像所有人的終點」
「妳並不」
「並不特別墮落」

花狩舞

「狂烈的甜」
「相信分分秒秒的觸擊」
「都是理想」
「持續綻放著」
「他們追逐」
「宛如狩獵中」
「每一次往返都意味」
「最快感」
「在權力國度的獨行」
「而極樂是營造」
「每一種身分的迎合」

「不會比鏡子更多」
「也無法少於」
「妳身體的象限」
「光速已死」
「花香是切膚的」
「情節持續四分五裂」
「他們自以為獵人」
「卻懵然之間」
「陪妳完成」
「人生裡無間的」
「一支舞」

架乃由羅

「身體是最後的」
「最後的校園」
「但純真早逝去」
「妳交換了」
「全部」
「包括那些愛的日常」
「與風景交會的」
「每一種私密」
「進入實戰系統後」
「妳幻化」

「完成他們的殺傷」
「有效的代價」
「不被聞問的皮肉」
「但靈魂還在」
「輕微跳動」
「夢想」
「治癒整個世界」
「以被侵入的演技」
「說服自己」
「旁及更多他們」
「無從知曉的廢墟」
「滑過了時間的網路」
「妳身上掛著」

「被探勘太多的樂園」
「卻沒有任何一名人類學專家」
「願意長期駐點」
「進行妳的田野工作」
「也就只剩下」
「此時此地的考古」

水川潤

「全部都是水」
「沒有保留」
「所有體內的速度」
「重複炸裂」
「盛宴」
「以身體誇示」
「很多水」
「採取高速」
「噴發到宇宙」
「幾乎是無人可及的」
「遺忘」

「妳可以證明」
「巢穴外」
「潮的風格」
「吹皺了」
「整片螢幕的情感」
「妳過度擠壓」
「失神的臉」
「激動地闡述」
「肉體是單純的」
「像是幸福」
「幸福也是單純的」
「只要妳」
「長得跟深水一樣」
「讓人永遠沉溺」

山崎水愛

「妳用盡所有身體的細節」
「進行哭泣」
「他們看不見聽不到」
「著魔於妳的液體」
「像他們的海」
「自由自在地泅泳到盡頭」
「誰都沒有時間理會」
「可是妳不被自己愛了」
「可是妳越來越」
「千篇一律了」
「妳從未」

「抵達過自己」
「每一回的陳述」
「世俗皆法庭」
「結論是妳對己身」
「操控了敗壞」
「他們不過是證據」
「淚水底」
「凝聚著失落」
「山水已死」
「鄉野終歸是崎嶇」
「荒廢就要到了」

流川夕

「燃燒在河面」
「閃閃發亮」
「那是妳的悲鳴」
「隱沒到」
「身體的暗面」
「任何一種羞恥」
「都是他們的興奮劑」
「慢慢化開了」
「妳是流行的鬼魂」
「搖蕩在」
「沒有意義的反射上」

「妳是一條」
「錯過了光的影子」
「被無愛占據」
「被狂亂」
「被不斷消費」
「妳受夠了」
「想要走向幕外」
「僅對自己」
「流出了孤獨」

古川伊織

「以撩撥的技巧」

「穿針螢幕」

「無形的引線」

「那些哀淫」

「如此華美密布」

「活色的雲」

「放蕩在花開裡」

「許多生香」

「不僅僅是色情」

「妳曾到異國演出」

「夢境電影」

「卻只能重複相仿的情境」
「像絕望的鋸子」
「找不到任何對等的悲傷」
「而活著是不是趨向於流失」
「是不是從來沒有」
「彼此穿透的可能性呢」
「但妳是古典的」
「如谷崎潤一郎筆下」
「細雪的人兒」
「就連退出也是古典的」
「就那樣聲息俱斷」
「剛剛好的編織」

西宮夢

「被擊穿」
「泡影的祕訣」
「在於妳」
「露出的夢境」
「欲仙欲死」
「讓人奔赴最高」
「懸崖處」
「下墜的是」
「他們過熱的機器」
「要不要一起身處異境呢」
「每一回合的邀請」

「都是愛的廢料」
「都是對時代的厭倦」
「都是大家綁起來並期待」
「有人可以先抵達支離破碎」
「而靈動如妳」
「保持方位的流動」
「還有致命的腿」
「張開了絕境」
「如同引號」
「是所有重大意義的」
「微小失落」
「正似刻舟求劍」
「悉數遺憾」

夢乃愛華

洶湧的故事一在前面
或者後面一圓潤的風物
歡迎各種光臨一遠的或近的
妳擅長柔軟一任何型態
各種角色的作法一施加咒語
他們投入更深一到下面
妳承受一每一種虛度的傷痕
以暗黑為巫一擴大己身
日復一日百無聊賴一釋放到妄想裡
無愛是好治療一大家都自由自在

接下自己的廢墟—無救贖之必要
最後如實陳述—幸福沒有意義
人生最大的—不過是色情

初芽

沒有叫聲—迎接自己的寂靜
床上—動作與喘息
最低限的—主義式分裂
身上的黑痣——粒粒都像是
妳純情的破綻—裡面顫抖
電流穿過—皺眉咬牙
清澈的眼眉—帶著透明的劫數
五官明豔不動—卻無堅不摧
誰也擋不住—妳一閃而逝的驚夢
此刻所體驗的—不過是幻覺

下定決心一絕無重蹈覆轍
最初的一也是最後的
纖細的藝術一獨有的逸品
轉身遁進一無人知曉的日常
對世界缺席一或許是最好的選擇
在那些發芽的影像一還來不及
完成毀滅一種入心底
回復到隱密一普通的人類
讓活著止於活著一必然是妳的萬幸

音羽麗彩

家庭訪問一從來不是重點
真正必要的是一如何最大程度
扭曲身體一幾乎可以是莫比烏斯
是老師或者學生都無所謂一沒有人在乎
重要的是一他們口中的實用性
在每一種激烈一妳都像經過了破壞
反摺在鏡子一形狀愈發混沌
可以更迷離嗎一如同電子音樂
劇烈的節奏一甩脫地心引力
被要求帶著他們一一起飛起來

即使翅膀早已折斷　仍舊要奮力揮舞
不屈不撓　再現偶像專業之必要
跨過不同的社會族群　而服侍始終如一
終究必須明白　進入鏡頭以後
妳就殺死了　體內的音樂

琴音華

音樂化的身體——一再重複的演奏
皮膚肌肉骨頭神經—作為才華必須時時拂拭
進行各種節奏的彩繪—維持大量塗抹
讓他們相信—可以前往更多
包含成為主宰—爆破就是天堂
符合規格化——一切都可控制
纖弱也是制定的—關於身體的幻境
狂亂的典範—必須精心打造
妳能夠施予的—全部都是透支的華麗
而人生無從取巧—妳決定過的

每一種呼吸一都會回來
帶著記憶一回到妳的體內
充滿傷勢的旋律一破碎難擋

羽咲美晴

燦爛的笑一是服飾
妳最擅長的穿搭一比裸身
更為強壯一幾乎是防彈盔甲
任憑他們的狂想一重複虛妄的子彈
射擊這件事一也就只是
靈雨在空山裡一百轉千迴
始終是無情一不曾真正落地
有根一也就難能觸動
笑靨裡一存留的不過苦水
誰能真正越過一潛行於妳的傷情

猛禽刺破了晴天一流出來的
都是遺憾一都是謬誤的血
妳也就成為一自己的毒

神宮寺奈緒

這是一種新的職業一名之為生理師
極其堂皇一邁向神聖吧
盡可能妖媚絕對一更多花火的完成
令他們爆裂一是有所可能
在平坦的床面一長出各種凹凸
每一次起伏一幾乎是邪惡的幸福
升起了一最高的殿堂
隔著有限的鏡頭一啟動無盡
妳賜予診治一流竄於躁動的訊號
他們感恩載德一如見神功皇后

但很快的一遺忘捲走他們
投向下一輪的青春盛世一徒留妳空場

悠紗有朱

妳成為軟玉一夢幻過境
以電擊的方式一隱匿在風俗
持續密語一撩動能見的人
而非虛構群像一妳是活生生的鬼
靈動於一他們的日常暗角
任憑速度穿刺一不過是薄紗的軀殼
不過是作戲一如入逢魔之時
留下隻影一華美是有效的
傾向環抱更大一一條條寂寞單形
妳脫換另一種溫香一終將復出

再度詮釋一關於充飽的技術

可以如何改造一他們的電路結構

姬乃雪

冬天是遲緩的—妳帶來熱
無可預期—激發溫度
還有尺寸的增長—人生那麼短
夜晚那麼苦—妳可以是他們
入夢之前—最好的外掛
暗黑中—幾乎是太陽
激昂了生氣—舒展硬挺的花莖
神插入妳的舌—與他們相遇
如電的艷麗—世界不抽象
任憑快感—注釋每一種欲死

雪也可以強壯——至少盛大
鋪天蓋地——那些無歌之鳥
得以背對寂寥——被活在幻術底

藤井一夜

世界太毒—妳是解藥嗎
每一刻都慘酷—失敗環繞萬物
誰都在為自己下咒—更多的幸福
卻引發了更多的無聊—煉獄越來越普通
他們隨身攜帶—自己的井
洞口只看得見妳—最滿的姿勢
許多鬼魂—密封在大腿間
身體終結果—繁花盡落
蜂巢勢必枯朽—所以真的有拯救嗎
抑或妳是以毒攻毒—多年後將會醒悟

眼前的華艷一不過一個夜晚的站立
悲劇也就不舍晝夜一妳演出的偶像戲碼
對往後人生上鎖一恐怖電影是不是不遠了

完全主觀

188

189

夢見露

在妳身上。
很多人聽見音樂。
很多人跳舞。
他們也一起到妳家。
跟拍所有。
像是嬉戲在公共空間。
妳越來越虛構。
這是好事。
很多人看不到妳的夢見。
妳只是他們一段百無聊賴的詩。

從身體長出來。
也從身體裡消逝。
這是好事。
沒有人受傷。
一切都是露水。
這是好事。
最壞的不過是也許。
即使後來可能。
妳就那樣壞掉了。

伊藤舞雪

任何一種雪都不及妳。
至少對他們來說應該是吧。
至少有過那樣的時期。
而遺忘那麼緊密地跟隨著。
每一次的歡快。
都有失落的夾層。
他們不是真的崇拜妳。
妳難道會不清楚嗎。
但只有現在啊。
任何人都沒有辦法預知未來。

現在的死就是未來。
現在他們都已經死過了。
一回一回絕倫的死。
而妳的血淚變成白色。
他們渴望全部都是白色。
到了最後。
雪都已經過去了。
而過去的雪就是妳。

百仁花

從高空跳傘開始。
勇氣也就那樣生出來了。
心臟可以堅硬了。
所以赤裸也就無所畏懼。
妳用嘴唇前進到他們的深淵。
教人瘋狂的柔軟。
叫出來了嗎。
讓體內的天際噴出來。
早晨的甜也就盛開過深夜。
妳以軀體演化鏡子。

反射他們的濃稠之死。
浮生是什麼呢。
不過就是靈魂的離散史。
所有的綻放都將成空。
妳已經老於青春了。
人生持續後退中。
再無更低限。

彩美旬果

不管是哪一種狂啖都無法說服。
因為妳就是小惡魔的集結。
對各種屈辱凌虐的畫面照單全收。
夜遊到他們的妄想裡。
完成對月球的更新。
妳在發亮。
而一片又一片的光是邪惡的。
想要被斑斕的手指善待。
十根魔杖。
加速雕琢奇幻的場面。

雙腿是神聖的。
裡面有彩山艷海。
他們要的是任意開啟的門。
妳支付的永遠不夠多。
於是那些野望一點一滴腐蝕。
妳體內傷心欲絕的歌。

櫻由羅

靈機一動。
體內關頭就脹滿速度與激情。
就去冶遊吧。
哪裡都好。
反正也沒有人能阻止櫻花墜落。
畢竟世界是成熟的。
畢竟所有消逝都是不疾不徐的。
而妳已經沒有話可以說。
身體裡所有的語詞。
皆已付諸往日。

活在地下的偶像。
妳還有什麼能夠盡情浪擲呢。
除了黑暗還是黑暗。
以及黑暗的各種想像。
仙氣是妳與生俱來。
但人生最不缺乏的就是鬼氣。
被萬暗吞沒後。
妳也就回到了千萬種凋零。

天宮花南

身體裡的雨越來越大。
每一個黑暗裡。
偷偷發亮的房間。
妳慢慢絞緊他們的繩索。
進行高速的串聯。
更多更滿。
眼睛的正後方是獸的模擬。
更快更強悍。
愛做為虛幻的可能如何被珍藏。

即使是災難。
即使是孤獨地前進到悲傷。
即使是顏色與聲音過剩。
在每一個他們指望的故事變身。
最厲害的演員。
甚至比這個更多。
妳將成為八百萬種神明。
親身驗證。
神道的更新。

冬月楓

跟哀傷交往需要多少。
一副軀體。
還是一整個青春歲月。
妳該如何計算才能抵達。
最初預想的那個未來。
就算是形式流利的昂貴賽車。
就算是征服高速的皇后。
在他們保鮮期的崇拜。
這一切值得多久呢。

人生不只是離去。
妳什麼時候要回來。
身體如家。
妳對它做過什麼維護呢。
妳對自己有愛嗎。
又或者一路往下只顧著完成重頭戲。
而時間會讓自己痊癒嗎。
妳的心是不是只剩下。
落地熟爛的必要。

河北彩花

精緻柔美是好的吧。
應該是吧。
所以妳才能邁進到暗夜。
在黑影的群聚裡發光。
但必須習慣密不通風的故事。
室內的熱氣蒸騰。
轉眼被萬馬奔馳而過。
日後也終究是會被踩爛嗎。
衣不蔽體或支離破碎。

是妳的生存法則嗎。
屈辱是無法制止的嗎。
身上的鎖鏈也必須寬大以待。
妳在被迫激戰後滴落眼淚。
壞掉的眼淚。
世紀的最後一道清純。
朝內膨脹。
花是最後的去處嗎。
在句點裡盛放。
沉浮到黑色的煉獄。
妳是不是看見。
裡面還有彩色的可能。

歌野心

微細裂縫中。
不能結束的所有動作。
而人生只是輕微與快速。
妳選擇鞦韆。
沒有什麼足以緩慢。
每一次高低起伏都是輕盈。
身體的操作都是加速度。
最魔幻的腰。
幾乎是無限的馳騁。
體內奔放花蕾。

吞吐細緻的妖精。
清純得無須任何講理。
而身分是幻術。
妳不斷切割自己。
每一次的碎片都華麗。
帶給他們絕美至喜。
噴出更多泡沫。
天昏地暗是最簡單的奧義。
全人類的旋轉。
放聲歌唱的荒野。
動作使他們繼續前進。
到光爆裂的房子。
個人化的叢林。

勾引到更多的音樂。
絕無孤獨的幻覺。
到處需索無度的羅曼史。
動物們愛著多出來的肉體化。
妳是他們腹下的上帝。
短暫的全能者。
賜予計時的戀愛。
但不斷重播。
在萬物磨蝕之前。
幾乎不滅。

春日野結衣

一滴——雨水——就那樣——慢慢落下了
——像是一束思慕——完好無缺——烙印在妳
的光天化日——世風無非是一種姿態——宣告
誰比較正式——可以詮釋各種情感——比如肉
體可以是一種情感嗎——單純的進出——明明
是一棟房——卻能成為某些人的家——即便是
全黑式的——但終究有溫暖——至少他們流連
過一時半刻——妳會不會想過白虎本來是黑的
——甚而是凶猛的——一點都不純淨如嬰——
無須任何侍候——妳是不是曾經夢想過——可

以擁有自己的季節——但就連春天都是錯的

——人生裡無法完成的都是荒野——妳被過去

排除在未來之外——也就都無關緊要了

天海翼

一座黑森林的一塊蛋糕——他們全都舉手報名想吃——他們要的從來不是主食——妳必須安心於只是一道甜點——這是被系統允許的亂數——所以歡迎來到女王的餐室——妳和那些伴隨的鬼影——耗盡所有部位——把身體的每一細節都發揮得淋漓盡致——對「最高の美女」之名佐證——關於美卻非妳能驗證——不由自主懷疑己身價值——沒有天空——也沒有海洋——更不會有羽翼——眼前所有俱是色衰之祭——悼亡歲月流金——面對他們的無由飽

足——終究會引發的還是厭倦——妳是否即將
嘔吐——合理地反轉過多的填充——把體內的
空無重新養回來呢——退向沒有任何榮譽的影
子以外——留住自己的平凡

佐藤琉璃

妳度過兩種創作——一種是舊的身體——
一種就是新的文字——這也是兩種價值——前
面是鏡頭——對無名的他們表演——妳如何一
再地粉碎——被各種近乎凌虐危險的特技畫面
——那是妳的地下時代——青春的價格很快就
耗盡——沒有復原的可能——死的預感迎頭而
來——妳必須逃離——原來妳比妳所知的更易
碎——後面則是書籍——特定身分的包裝之下
——藉此提升心靈指數——而妳的兩朵月亮和
腹下花團錦簇——卻彷彿還活在地底——不可

逆的傷害是情愛已死——妳喜歡自己的價值
——而市場標價是對妳的牢籠——還有骨氣所
以妳走出去快速的圈域——而母親是妳更為陳
年的監獄——妳以為走出來了——卻像狗追尾
巴打轉——只是原地在加速——無依無親後
——終於妳可以活得更像自己——在尚未太遲
以前——始於極限——以寫作——慢速修補
——自己的陵墓

夏目響

醉迷——在難以觸及——最邊緣的活著
——亂霧的雙瞳——不可被解讀——裡面全
都是錯的——技術無法改變——生活是廢墟
——妳只能辜負自己——一開始沒有名字——
只能緊急發售——從素人的臉孔加快演化為怪
物——找到新的命名體——公共世界變成絕密
的毒癮——私生活是死去的詩歌——妳焚身以
對——那些無法被驗算的日常——趨向於未解
——妳的太陽總是不能出現——只有陰翳不斷
被音譯——他們何嘗在乎過妳的死活——他們

就要妳死去活來——即便在病的重大發表後
——仍舊堅持銷售原則——對暗黑賣命——而
妳只能繼續對人生狠毒——直到餘燼

神咲詩織

練習打開嘴——露出各種形狀的牙齒——
全力美化他們——沒有醜的世界——只有柔焦
被更大化——就更用情良苦地笑出來吧——就
假裝更喜歡肉體感洋溢吧——被尊奉為超美神
——展開青春的迴旋曲——或者化身鬼星公主
拉姆——跟命運捉迷藏以後——落敗卻與人類
產生愛的故事——腹下有靈異編織——奇妙的
歌吟——持續進化中——在名為祕密的團體演
唱著相近的華艷——令更多人犬為妳的影像活

著——看似如癡如狂——最終只贏來蕭條——
苦惱的軌道長成私處——想要與市場共謀——
誰不滿盤皆輸——在澈底敗亡以前——退化為
人婦——完好了妳奇蹟般的幸運

大空明日香

如同芭蕾舞者——以奇異強烈的形體——
在舞臺旋轉——妳還可以做得更多更滿——也
許類似福音戰士——與使徒對決——操作巨大
的機具——得出更多有限的答案——就算是災
難也阻止不了他們激昂的墮落——難能區分是
人類系統的驅動力抑或缺陷——他們發展一切
能夠加快速度的軟硬體——只為了無限召喚如
妳般的女孩——投入暗黑王朝——集體研磨出
絕倫鮮豔的技法——背反隱藏自身的需求——

只為符合透明化的妄想——最好內部的皺褶都
能翻騰向外且一覽無遺——最好每一種情慾的
想像都可以實現——他們挖空一切——不惜任
何代價——造就女神補完計畫——妳也將被發
射到太空——成為一小塊虛無

美咲環奈

有人說拍片是奇幻——意味著前往——只有
一種前往——目標是圓形荒野——座落其中——
無比嚴厲的劇場——設法擴展更多對身體的共鳴
——響起各種音樂——縱然是暗黑作品——也要
保全神怪可能的進入——至於是高級還是低級
——並不在考量之內——他們競相成為無我之輩
——這當然是本事——妳可以解開各種堅硬——
讓迷人的軟跑出來——穿過緊密關閉的花——提
煉反面的音樂——採購混沌難辨的舞蹈——接駁
超高速的壓縮——身體是影像的載體——妳如影

隨形於赤裸的孤獨——像一部動作片裡的抒情歌——瘋狂與受苦都是邪惡的同義反覆——如妳一般的身體藝術家——精製了大量的機會——給他們厭世的罐子——服從於永遠打開的命運——而萬物皆下流——生活是黑暗——如果不能發明希望——迎對恐怖顛倒一切如何可能——沒有什麼比證據更值得懷疑了——每一個時代的背傷都必須被逃避——大家都跟著妳一起玩起傾斜的情節——緩慢地剝奪甜蜜的幽靈——千萬種支線夾雜著救贖——幸運的凹陷——人群裡噴發——通過了宇宙奧祕——抵達最後的詩——迷藏在身體限期——如歷劫歸來

相澤南

　痴是一種沒有盡頭的詩——在床上流浪——
追逐更多的潮溼——喜歡每一種無情的對待——
只是肉體跟肉體——只是毫無依戀的——下戲就
是罅隙——活在防空洞——靈魂是不是一種鑲嵌
呢——而從未真正地落定——像滿月下的旋轉——
變本加厲的流暢——在每一張溼透的臉孔上——
渡過妳的藝術——狂野的漏洞——不厭其煩地承
接——更多溼透的意象——即使缺乏意義——也
要拍賣加速的氣氛——旋轉過的蜂蜜式逃避——
多汁的邊緣更趨向於夏天的融化——接近毀滅的

極樂——性感已經完成——妳是世界上最適合迷
亂的人——相信無人能擋——清楚自己製造幻象
的能力——帶有自覺——對既定的風俗保持距離
——同時又能謎樣的充滿——始終安置一顆空靈
的心——走向無人小路——為了自己演一場華麗
的舞臺劇——再豪放的做派——裡面都是謹小慎
微——對他們要盡可能濃稠——對自己自然而然
稀釋——言談舉止間淨是理性——想要征服尖峰
的性感——終歸是戲碼——當情人病逝——那些
想要被巨大充滿的表情——也就透澈地死了——
身體和曾經長在裡面的詩都是戀衰——都是紀念
肉身神的歷史——妳決心出走——不再限定式使
用——妳將發展全新的語言——再活一遍

金松季步

就穿過許多的面孔——不留餘地——何必
讓自己錯亂呢——何必流動在——別人的軀骸
裡——妳可以是藝術——至少像是藝術——對
所有男體丈量——可能的高度——愉悅至他們
世界傾斜——妳必將是最新的女神——持續開
拓他們為信眾——這是非常信仰——更寫實的
宗教——可見可觸一切有為法——在販賣所也
似的國度——芳澤不在遠方——妳以激烈的圓
形旋轉——完成黃金時光般的召喚——而妳想
不想拍黑白版影片呢——在這個充斥太多顏色

如夢幻泡影的世界——還有沒有可能驟停——
不讓色澤像素決定故事的強度——電影出生照
片入死——或許大家都只想要盡情地把自己玩
壞——但不封膜不成活——妳必須拒絕如露亦
如電的崇拜——妳必須套裝更好的私處——復
以身體為淨土——不被他們遺落在彼岸——妳
將善用所有虛飾之愛——固定住現世——即便
渾身殘破——也值得為自己綻放——保存最初
軟嫩的孤獨——妳不覺得應作如是觀嗎——妳
不覺得妳不屬於大家——而是應該緊緊地纏繞
給自己嗎——並終於懂得了這一切無非是——
哀悼色情

後記

色哀之詩，純情之心

九九八十一。像是度劫。如同《西遊記》歷經八十一劫的取經之旅。這八十一首詩就是八十一種劫難。彷彿短暫性地同步了那些日本性產業偶像的劫難。但又何嘗不是自己的劫數——設法抵禦住唯美化、精緻化的畫面之魔誘，全神貫注於她們的反應，轉譯出深藏於黑暗後的心靈。也許那裡面是前所未有的純情，只是無路可出、無人可解。

重要的是這樣的取經，無非是完成詩歌與色情的交會，如我個人一種另類的公路電影——如何不被狂歡極樂的表演吞蝕，也不被心中對女性的哀憐所淹沒，持續保持前進，乃是創作期間屢次掙扎矛盾之所在。

面對被物化的情色偶像浪潮，《完全主觀：AV 純情詩》的寫作，令我充斥著奇異的不安。這樣怪誕的女神崇拜，不只是實際上有許多粉絲的熱烈追逐、供養，如河北彩花、三上悠亞等，具備躺收百萬的獨特經濟現象，也同時反映在許多 AV 女優的命名裡，如神宮寺奈緒、天宮花南、天國露露、神咲詩織等，完全披露了其中女色升格為神的不思議之景，且隨著嚴苛保護女優端的 AV 新法（AV 出演被害防止、救濟法）法通過後，更加重她們的存在性，簡直是日本新八百萬種神明的降世。

日本AV界是一個奇怪的行業，是向外公開販售身體的領域，且將性產業明星化、偶像化。如此奇異的日本文化產物，除去收攬了想要走賺錢捷徑的女性，也有無法適應社會、夾帶身心問題的，當然也有號稱性慾旺盛的，以及不乏將成為AV女優視為天命的女孩，種種凡此。無論如何，這是一個將女性肉體影像的經濟價值全力鼓盪至極致，甚至業界女性也會號稱自己是身體藝術家，對己身的成就自豪無比，也確確實實有種奇觀感。而紗倉真菜、佐藤琉璃（鈴木涼美）等，俱以自身經驗寫成小說出版，後者且入圍芥川賞。

而最令我好奇的是，當代AV女優們的名字有著奇怪的詩歌感，比如山岸逢花、詩月圓、早野詩、香水純、花狩舞、運命等千奇百怪的姓名，一個個夢幻綺麗如詩——那自是虛構的色情名字，畢竟所有的女性都被脫胎換骨過，以經紀公司想要的面貌，顯現在市場面前，無論是主動式慾女、被動性女大學生乃至多樣性職業，舉凡老師、空姐、便利商店店員、按摩工作者等等，不過都是一種扮演遊戲。一旦女孩們裝上新的身世，就橫空降臨為另一樣貌。這真是把角色表演推展到極致——性的戲劇、性的舞臺。

一個突出的姓名確實吸睛沒錯，但部分 AV 女優姓名帶著脫離常軌的詩意，很難說沒有一種心理背景——內裡裝放了聖潔與肉慾交會的意圖。當 AV 女孩們的姓名變得潔淨、高雅時，那種突破禁忌的色情意味也就越發濃厚吧。

在日本 AV 世界裡，完全主觀係指採第一人稱也如的主觀鏡頭（或稱男友視角）拍攝的色情影片。主要當然就是做出性慾釋放段子的片種。其所稱的完全主觀自然全都是偽造，充滿各種肉體性設計，而無關於女性的真實生活。女優們是被各種妄想得出的第二人稱——那終究不過是為服務男性性幻想、所虛構出來的意象拼湊和調度。

《完全主觀：AV 純情詩》寫 AV 女優之詩，然這本詩集不能說為 AV 女優寫詩。我不能替她們說話，《完全主觀：AV 純情詩》寫的終究是我的主觀，那些以身體技能、影像在男性世界製造非常體驗的女孩們，只是我的借題發揮。我寫的是對某一特定群體的想像，透過詩歌，去裝載我自己所知的有限現實。並稍微多出一點點地前進到她們的生存處境，演繹性特技對其身體所造成的感染、傷害等。

在這些詩作裡，我期望這一群以公開身體之販售為職業的女性們，被當作日常會出現的普通人物，不以獵奇的心態書寫。她們是情慾的代號，藉此去檢索、探訪詩歌與色情的結合可以走到什麼樣的地步。這個集子所有詩歌都採取第二人稱書寫，不是直接代入第一人稱，畢竟我不是她們之中的一份子，但也不是第三人稱，也就無可能進行純然的旁觀與描繪。我想談的不是對女優們的意淫，而是窺探男性們對她們的意淫，甚或是整個社會對她們的消費和刻板印象。

而我真切感覺到深深的哀傷。在螢幕鏡頭裡的浪蕩影像，終究是修羅場，一切都是表演，而無關於歡愛。我總想著，人類與文明的大目標是無戰爭、貧窮等豪願，這之中也應當包含著性工作的完全去除——而在達到這如地平線般難以追及的理想性之前，有無可能先從剪除內在對性偶像們的歧視、羞辱與傷害開始呢？我懷抱著烏托邦式的寄望。同時，也相信被視為文學最高階的詩，最適合來做這件事。

如果說物哀是日本式的珍念精神，我想《完全主觀：AV純情詩》極有可能是色哀——在這些與女優同名之詩裡，顯露對女色的紀念與哀悼。終究，再怎麼魅惑眾生，如水年華必然逝去，而在最豔麗熾爛之際，留下如詩時刻，或有其價值。縱然《完全主觀：AV純情詩》終究只是我個人的主觀，要寫的也不過就是癡盡則色哀這樣的體會罷了。唯這一批色哀之詩，盡是我的純情之心哪。

完全主觀——AV純情詩

作　　者｜沈眠
編　　輯｜陸穎魚
攝　　影｜陸穎魚
美術設計｜陳怡廷（研寫樂有限公司）

出　　版｜一人出版社
10491 臺北市南京東路一段二十五號十樓之四
電話：02-2537- 2497
網址：Alonepublishing.blogspot.com
信箱：Alonepublishing@gmail.com

總 經 銷｜聯合發行股份有限公司
電　　話｜(02)2917-8022
傳　　真｜(02)2915-6275

初　　版｜二〇二五年一月
定　　價｜新臺幣四〇〇元

贊　　助｜財團法人 國家文化藝術基金會 National Culture and Arts Foundation NCAF

國家圖書館出版品預行編目（CIP）資料

完全主觀——AV純情詩/沈眠 著. -- 初版. -- 臺北市：一人出版社，2025.01
240 面；14.2 × 18.7 公分　　ISBN 978-626-99276-0-9(平裝)

863.51　　113019787